VENTE DU SAMEDI 8 AVRIL 1893

HOTEL DROUOT, SALLE Nº 8

ESTAMPES

ANCIENNES

PRINCIPALEMENT

DE L'ÉCOLE ANGLAISE DU XVIIIᵉ SIÈCLE

LA PLUPART EN COULEUR

PIÈCES SUR L'AMÉRIQUE

SPORT

Mᵉ **MAURICE DELESTRE**

Commissaire-Priseur

27, RUE DROUOT, 27

M. **DUPONT Aîné**

Mᵈ d'Estampes

21, RUE DE SEINE, 21

PARIS

IMPRIMERIE D. DUMOULIN ET Cie

5, RUE DES GRANDS-AUGUSTINS, 5

CATALOGUE (N° 122)

D'ESTAMPES

ANCIENNES

PRINCIPALEMENT DE

L'ÉCOLE ANGLAISE DU XVIIIE SIÈCLE

LA PLUPART EN COULEUR

PORTRAITS ET SUJETS AMÉRICAINS

PIÈCES SUR LE SPORT ET LA CHASSE

DONT LA VENTE AUX ENCHÈRES PUBLIQUES AURA LIEU

HOTEL DES COMMISSAIRES-PRISEURS, RUE DROUOT, 9

SALLE N° 8

Le Samedi 8 Avril 1893

A deux heures très précises.

Par le ministère de Me **MAURICE DELESTRE**, commissaire-priseur,
rue Drouot, 27

Assisté de **M. DUPONT** aîné, marchand d'estampes, rue de Seine, 21.

PARIS, 1893

CONDITIONS DE LA VENTE

Elle sera faite au comptant.

Les acquéreurs payeront *cinq pour cent* en sus des enchères, applicables aux frais.

M. Dupont, chargé de la vente, se réserve la faculté de réunir ou de diviser les lots.

———

L'ordre du Catalogue sera suivi.

DÉSIGNATION

ESTAMPES DU XVIIIᵉ SIÈCLE

ALLAIS

1 — Mlle Coraline, d'après Vispré.
> Très belle épreuve.

BALECHOU

2 — Mlle Loiserolle, d'après Aved.
> Belle épreuve.

BARTOLOZZI (F.)

3 — Portrait de Maria Cosway, assise dans un paysage.
> Très belle épreuve en bistre avant toutes lettres.

4 — Henrietta Frances Viscountess Duncannon.
> Très belle épreuve en bistre, grandes marges.

5 — The three favorite aerial travellers, Vincent Lunardi, Georges Biggin et Mme Sage, dans la nacelle d'un ballon. In-fol.
> Superbe épreuve en bistre. Rare.

6 — Sprightliness, d'après Jolsma Reynolds.
> Très belle épreuve coloriée.

7 — Galathée sur les eaux, d'après Cipriani.
> Belle épreuve, marge.

8 — Prudence, d'après Cipriani.
> Belle épreuve en couleur.

9 — La Musique, d'après Angelica Kauffmann, — The daughters of Guercino. — Faunes et bergers faisant de la musique.
> Trois pièces, belles épreuves en bistre.

BARTOLOZZI (F.)

10 — The Prosperety of Great Britain contrasted with the Misery of France, d'après Th. Martyn.

Très belle épreuve, lettres grises. Rare.

BARTOLOZZI (dir.)

11 — Cupid's pastime, par Stépano — Bethzi. In-8.

Deux pièces, belles épreuves en couleur.

BASSET (A Paris, chez)

12 — Les Grâces anglaises.

Belle épreuve coloriée.

13 — Mort de La Tour d'Auvergne. In-fol.

Très belle épreuve.

BAUDOUIN (P. A.)

14 — Le Couché de la mariée, par Moreau le jeune et Simonet.

Belle épreuve, petite marge.

15 — Annette et Lubin, par Ponce.

Très belle épreuve, marge.

16 — Le Danger du tête à tête, par Simonet.

Très belle épreuve, marge.

17 — La Sentinelle en défaut, par N. de Launay.

Très belle épreuve, marge.

18 — L'Éveillé, par Metz. In-4.

Très belle épreuve en bistre, grandes marges.

BEECHY (S. W.)

19 — The dutchess of Wirtemberg, par Cheesman.

Belle épreuve.

BISI (M.)

20 — Le prince Eugène Napoléon. In-fol.

Très belle épreuve coloriée.

BOILLY (L.)

21 — Le Prélude de Nina, par A. de Gouy. In-8.

Très belle épreuve en bistre.

BOITARD

22 — The old Batchelors assembly. — The old Maids assembly.

Deux pièces, belles épreuves.

BONNEFOY

23 — The R. Hon. Countess Spencer, d'après Joshua Reynolds.

Très belle épreuve en bistre, marge.

BONNET (L.)

24 — La Danse. In-8.

Très belle épreuve en couleur.

25 — Le Comte de Provence, gravé à la manière du crayon. In-fol.

Très belle épreuve en couleur. Très rare.

BONNET (A Paris, chez)

26 — Le Repos de Cérès, in-8.

Très belle épreuve en couleur, grandes marges.

27 — Le Repos de Cérès, — Une Bacchante, avant la lettre, in-8.

Deux pièces, belles épreuves en couleur.

28 — The Village Wanderer,

Très belle épreuve en couleur, grandes marges.

BOREL

29 — J'y passerai, par De Launay le jeune.

Très belle épreuve.

BOUCHER (F.)

30 — Les Bacchantes endormies, par R. Gaillard, — La Laveuse, par Bonnet.

Deux pièces, très belles épreuves, la dernière est à la sanguine.

31 — Études de femmes couchées, gravées à la manière du crayon.

Deux pièces, très belles épreuves sur papier bleu.

BOYDELL (exc.)

32 — Jason et Médée, ballet tragique.

Très belle épreuve en bistre, marge.

BUCHORN

33 — Madame Récamier, in-4.

Très belle épreuve.

BUNBURY (H. W.)

34 — Charlotte, — Ninette, par Roze Le Noir.

Deux pièces, très belles épreuves en couleur, marge.

35 — The Deserter, par Dickinson.

Belle épreuve, grandes marges.

CHARDIN

36 — Le Souffleur, par Lépicié.

Très belle épreuve.

CHARPENTIER

37 — Histoire de Paul et Virginie, par Papavoine, in-4.

Suite de six pièces, belles épreuves en couleurs, toute marge.

CHENU et FLIPART

38 — Mme Favart, d'après Garand, — La Même, d'après Cochin, in-8.

> Deux pièces, très belles épreuves.

CIPRIANI (G. B.)

39 — A Nympoh à Sleep, par Bettelini.

> Très belle épreuve en bistre, toute marge.

40 — Cléopatra, par Sherwin.

> Belle épreuve en bistre.

41 — The Power of Beauty, — The Power of Love, par Le Grand.

> Deux pièces, très belles épreuves en couleur.

COIFFURES

42 — Coeffure à la Reine, — Coeffure à la Félicité, — Bunters hill or may day, etc.

> Six pièces en noir et coloriées.

43 — Chapeau à la Dufayel, — Chapeau à la Bergère, — Chapeau à la Brunette, etc., à Paris, chez Bonnet.

> Six pièces coloriées.

44 — The female Frizzler, in-fol.

> Très belle épreuve, marge.

COLIBERT

45 — Evelina surprising M. Macartney preparing to load his pistols.

> Très belle épreuve, toutes marges.

COLLETT (John)

46 — Margaret Nicholson attempting to assassinate his majesty king George III at the garden Entrance of Saint-James's Palace, 2 august 1786.

> Très belle épreuve en couleur.

COLLETT

47 — The Victim.

Très belle épreuve, en couleur.

48 — The Feather'd fair, feeding the feather'd fowl, — The Unguarded moment or Miss caught napping.

Deux pièces, très belles épreuves coloriées.

49 — Corporal Cartouch teaching miss Camp-Love, — Sweet-Echo.

Deux pièces, très belles épreuves.

COSWAY (R.)

50 — His Royal Highness the Prince of Wales, par Burk, in-8.

Très belle épreuve en bistre.

51 — Mrs Damer, par Schiavonetti. In-8.

Très belle épreuve en bistre. — Plus deux autres portraits en épreuves modernes.

52 — Infancy, par Ruotte.

Belle épreuve en bistre.

DAVID

53 — Comte Neale. In-8.

Très belle épreuve en bistre.

DEBUCOURT (P. L.)

54 — La Croisée.

Belle épreuve coloriée, marge.

55 — La Manie de la danse.

Belle épreuve coloriée, collée sur bristol.

56 — Les Visites.

Épreuve coloriée, très rognée.

57 — Exercices de Franconi, d'après C. Vernet.

Belle épreuve avant la lettre.

58 — Le Joueur de cornemuse, — Retour des champs, d'après C. Vernet.

Deux pièces coloriées.

DEBUCOURT

59 — Napoléon à Charleroi, d'après H. Vernet.

Très belle épreuve avant la lettre.

DE FRAINE (J.)

60 — L'Acte d'humanité, par R. de Launay.

Très belle épreuve, marge.

DE MACHY

61 — Apprenez mon fils combien cette victoire m'est chère et douloureuse, d'après Vivié, — Ah! mon ami, sans toi, ils m'entraîneraient! d'après Sergent.

Deux pièces, belles épreuves en couleur.

DEMARTEAU

62 — Têtes d'étude.

Trois pièces aux crayons de couleur.

DESRAIS

63 — Promenade au boulevard Italien ou le Petit Coblentz, par Voysard.

Très belle épreuve, coloriée.

64 — Mort du général Kléber, assassiné au Caire le 25 prairial, an 8, — Mort du général Desaix, à la bataille de Marengo, par Le Campion.

Deux pièces, très belles épreuves.

DICKINSON (W.)

65 — Heléna Foreman, femme de Rubens.

Très belle épreuve.

DIVERS

66 — L'Abondance ; petite pièce ovale.

Très belle épreuve avant toutes lettres, en couleur, imprimée sur satin.

67 — Cornélie, mère des Gracques. In-fol.

Très belle épreuve avant toutes lettres, en couleur, marge.

DIVERS

68 — Sujets gracieux, ovales in-8.
Deux pièces avant toutes lettres, en couleur et en bistre.

69 — Jeunes filles jouant avec des Amours.
Deux pièces en couleur.

70 — Scène de *Gil Blas*, gravée à l'aquatinte. In-fol.
Très belle épreuve avant toutes lettres, marge.

71 — Sujets gravés à l'aquatinte, par Mac Ardell, Faber, John Bell, V. Green, Spooner et autres.
Huit pièces, belles épreuves.

DRAX (Miss)

72 — Zelia in the Temple of the sun, par M. Lafuente.
Très belle épreuve en couleur, grandes marges.

DREVET (P.)

73 — Samuel Bernard, en pied, d'après Rigaud.
Très belle épreuve.

DROUAIS

74 — Mlle Pélissier, actrice, par Daullé.
Très belle épreuve.

EARLAM (Rich.)

75 — The Exibition of the royal Academy of painting, in the year 1771.
Très belle épreuve, sans marge. Rare.

ÉCOLE ANGLAISE

76 — Jeune femme coiffée d'un grand chapeau.
Très belle épreuve en couleur, remargée.

77 — Cécilia Everard, — Sophronia.
Deux pièces, sans noms d'artistes; très belles épreuves en couleur, toute marge.

ÉCOLE ANGLAISE

78 — Jeune chasseur jouant de la flûte, ovale. In-4.
    Très belle épreuve avant toutes lettres, en bistre.

79 — First and second stage.
    Très belle épreuve coloriée, toute marge. Rare.

80 — A Fresh-Water salute.
    Belle épreuve en bistre. Rare.

81 — Two heads better than one or the governess outwitted.
    Belle épreuve coloriée.

EISEN (Ch.)

82 — La Vertu sous la garde de la fidélité, par Le Beau.
    Belle épreuve.

83 — La Glaneuse, par Le Beau.
    Très belle épreuve, grandes marges.

ESNAULT et RAPILLY (chez)

84 — Mlle Desbrosses, — Mlle Lescot de la Comédie italienne,
    — Mlle Maillard de l'Académie royale de musique.
    Trois pièces, très belles épreuves, grandes marges.

ÉVENTAILS

85 — The Lady adviser, — Combats en Espagne en 1808.
    Trois pièces.

FORTIER

86 — Petits sujets allégoriques.
    Six pièces, belles épreuves en couleur.

FRAGONARD (H.)

87 — Ma chemise brule, par Aug. Le Grand.
    Très belle épreuve, toute marge.

FREUDEBERG

88 — La Complaisance maternelle, par N. De Launay.
    Très belle épreuve.

GAUTIER

89 — P. J. Dessault, chirurgien en chef de l'Hôtel-Dieu de Paris, d'après Kimly, — Antoine Dubois, professeur à l'école de médecine, d'après Boilly.

Deux pièces, belles épreuves en couleur.

GILLRAY

90 — Middlesex-election, 1804, — New discoveries in Pneumaticks.

Deux pièces, belles épreuves coloriées.

GŒURY (F.)

91 — Jeune fille couronnant le buste de Napoléon Ier, in-fol.

Belle épreuve, toutes marges.

GRATELOUP (J.-B.)

92 — Cornélie, d'après Coypel.

Très belle épreuve, marge.

GREEN (J.)

93 — Antophile, par C. Tiebout.

Très belle épreuve.

GRÉEN (V.)

94 — A représentation of M. Lunardi's balloon, as exhibited in the Panthéon, 1784, d'après F. G. Byron.

Très belle épreuve, doublée.

95 — An Abridgment of M. Pope's Essay on man.

Très belle épreuve, grandes marges.

GREUZE (J.-B.)

96 — Expressions of Kindness.

Superbe épreuve en couleur, grandes marges.

97 — L'Accordée de village, par Alix.

Très belle épreuve en couleur.

HARRIS (J.)

98 — The dentist, — The ludicrous opérator, par **J. Wilson**. —
Deux pièces, très belles épreuves.

HAWARD (F.)

99 — Ch. **T.** d'Eon de Beaumont, d'après Angelica Kauffmann. —
Très belle épreuve.

HOPNER (J.)

100 — Sophia Western, par J. B. Martin. —
Très belle épreuve en couleur.

HUCK (G.)

101 — The mouse trap, par Thomas Park. —
Très belle épreuve.

HUET (J.B.)

102 — Le Goûter champêtre, par Jubier.
Belle épreuve en couleur.

103 — Le Départ du Marché, — Le Retour du Marché, par L
Legrand.
Deux pièces, très belles épreuves en couleur, marge.

104 — Le Petit château de cartes, — La sœur donne des
étrennes à son frère, par Bonnet.
Deux pièces en couleur, marge.

HUMPHREY (chez)

105 — A Modern Bell going to the rooms at Bath, — Lady
Charlotte Campbell.
Deux pièces, très belles épreuves coloriées, toute marge.

106 — Company shocked at a Lady getting up to Ring the
bell.
Très belle épreuve coloriée.

JANINET

107 — L'Amour rendant hommage à sa mère, d'après Boucher.

Belle épreuve en couleur, découpée à l'ovale

108 — Vénus en réflexion, d'après Charlier.

Belle épreuve en couleur, marge.

109 — Le Sommeil d'Ariane, d'après Charlier.

Belle épreuve en couleur, marge.

110 — La Bacchante ényvrée, d'après Caresme.

Très belle épreuve, marge.

111 — Le Culte systématique, d'après le même.

Belle épreuve avant toutes lettres, petite marge.

112 — Tarquin et Lucrèce, — Joseph et Zaluca, d'après Eisen.

Deux pièces, belles épreuves en couleur.

113 — Le Repas des Moissonneurs, d'après Ville fils.

Belle épreuve en couleur, sans marge.

JOUBERT (A Paris, chez)

114 — Le Premier né.

Très belle épreuve en couleur, grandes marges.

KAUFFMANN (Ang.)

115 — Vénus et Adonis mort d'après A. Carrache, — Les Amours d'Ulysse et de Calypso, — Penserosa, — Portrait de Winkelmann.

Cinq pièces, très belles épreuves en bistre, grandes marges.

116 — Le Mariage mystique de sainte Catherine, d'après le Corrège, — La Sainte Famille, avant la lettre.

Deux pièces, très belles épreuves, marge.

117 — Etudes de figures de femmes.

Trois pièces, très belles épreuves en bistre, toutes marges.

KAUFFMANN

118 — Le Triomphe de Vénus, par Roze Le Noir.
Très belle épreuve en couleur, marge.

119 — Vénus présentant Hélène à Paris, par G. Wynne Ryland.
Belle épreuve en noir.

120 — Pénélope, par J. Rider.
Très belle épreuve, avant toutes lettres en bistre, marges non ébarbées.

121 — Cordélia, par Philippoteaux.
Belle épreuve en couleur, grandes marges.

122 — Mentor, sous la figure de la Sagesse, montre au jeune Télémaque le Temple de l'Immortalité, par Pariset.
Belle épreuve en couleur.

123 — In Memory of General Stanwix's, par W. Ryland.
Très belle épreuve en bistre, grandes marges.

124 — L'agneau chéri, — L'Oiseau de Lubin, par P. F. Legrand.
Deux pièces, très belles épreuves à la sanguine, toute marge.

KAUFFMANN (Ang.) et LA ROSALBA

125 — La belle Anglaise, par M. Jubert, — La belle Espagnole, par Le Grand.
Deux pièces, belles épreuves en bistre.

KAUFFMANN (Ang.) et autres

126 — Gualterus and Griselda, par Richiardi, — Cupid, par Nutter, — The good Angel.
Trois pièces en bistre.

LAWRENCE (Th.)

127 — The lady Georgiana Gordon, par F.-C. Lewis, — La comtesse de Lieven, par Bromley.
Deux pièces, très belles épreuves.

LAURIE ET **WHITTLE** exc.

12.—" 128 — The young balloonits, — The nightingale's nest, — Returned from school, — A Holyday.

Quatre pièces, très belles épreuves, grandes marges.

LAVREINCE (N.)

151.—" 129 — Le Petit Conseil, par Janinet.

Belle épreuve en couleur, marge.

36.—" 130 — Les deux Cages où la plus heureuse, par de Bréa.

Très belle épreuve d'un état non décrit, avec quatre vers au-dessous du titre.

25.—" 131 — Valmont et la Présidente de Tourvel, — La Présidente Tourvel, par R. Girard.

Deux pièces en couleur, collées.

LE BEAU

7.50 132 — Mme la comtesse du Barry, d'après Marilly.

Très belle épreuve avant le numéro.

7.— 133 — Mlle de Raucour, de la Comédie-Française; au-dessous: Une scène de *Mithridate*, in-8°, — Autre, sans noms d'artistes, in-4°.

Deux pièces, très belles épreuves.

LE BARBIER

5.—" 134 — La Prudence en défaut, par Patas.

Très belle épreuve.

LE BOUTEUX

11.—" 135 — L'Amant pressant, — L'Amant consolateur, par De Mouchy.

Deux pièces, belles épreuves toute marge.

LE GRAND (P.-F.)

5.50 136 — Italian fruit Girl, — Italian Gardener.

Deux pièces, très belles épreuves en bistre, toutes marges.

LEVACHEZ

137 — Napoléon 1er, empereur des Français et roy d'Italie, —
d'après Carle Vernet.

> Belle épreuve en couleur.

LÉVILLY

138 — Sujets tirés de l'Histoire romaine, in-4°.

> Trois pièces ovales, très belles épreuves en couleur avant toutes lettres, marges non ébarbées.

MAILE (G.)

139 — Ninon de Lenclos, — Mlle de Lavallière, d'après Goubaut.

> Deux pièces, belles épreuves en couleur dont une à toute marge.

MARIN (L.)

140 — A Lady taking coffée.

> Belle épreuve en couleur, découpée à l'ovale.

141 — The charmes of the Morning, — The Pleasures of Education.

> Deux pièces, belles épreuves en couleur, marge.

MICHEL (J.-B.)

142 — Mlle Angélique Drouin, femme du sieur Préville, —
d'après Colson. In-fol.

> Très belle épreuve, marge.

MIXELLE

143 — Les Joueurs.

> Très belle épreuve en couleur.

MONDHARE (chez)

144 — Le Sabot cassé.

> Belle épreuve.

MONNET (C)

145 — Le Larcin, — L'Amour est de tout âge, par Robillac.

> Deux pièces, belles épreuves en couleur.

MONNET

146 — La Vertu surprise, par F. Chévery.

Très belle épreuve, marge.

MORLAND (G.)

147 — Dressing for the masquerade, — Domestic happiness, par Bartoloti.

Deux pièces, très belles épreuves en couleur, grandes marges.

148 — The virtuous parent, — Dressing for the masquerade, — The Elopement, par Bartolotti.

Trois pièces, très belles épreuves en bistre, toute marge.

149 — Les Parents vertueux, — Le Bonheur domestique, par Bartolotti.

Deux pièces, belles épreuves.

150 — Constancy, — Variety, par Bartolotti.

Deux pièces, très belles épreuves en bistre, toutes marges.

151 — Girl and Pigs, — Girland Calves, par W. Ward.

Deux pièces.

152 — Miss Fanny Murray, par J. Mac Ardell.

Très belle épreuve, marge.

MORRET

153 — L'Hermite du Colisée, d'après Hubert Robert.

Très belle épreuve en couleur, grandes marges.

154 — La Culbute imprévue, d'après Caresme.

Très belle épreuve en couleur, toute marge.

MOUCHET

155 — L'Illusion, par R. et D.

Très belle épreuve, toute marge.

156 — La Méprise, par Macret et Anselin.

Très belle épreuve.

MOUCHET

157 — Le Réveil importun, par Darcis.
Très belle épreuve, toute marge.

158 — Qui est là ? — Couchez là, par Darcis.
Deux pièces, très belles épreuves, toutes marges ; la première est avant
la dédicace.

NÉE

159 — La Chambre du cœur de Voltaire, d'après Duché.
Belle épreuve avant la lettre.

NELSAT (C.)

160 — Bachelors fare.
Belle épreuve coloriée.

NEWTON (R.)

161 — The life of man ; estampe en deux feuilles à plusieurs
sujets.
Très belle épreuve coloriée, toute marge.

NORTHCOTE (J.)

162 — Petite fruitière anglaise, par Bonnefoy.
Belle épreuve en couleur.

163 — Le Serpent terrassé par le Lion, par Renard.
Belle épreuve coloriée.

PICOT (V.-M.) exc.

164 — Laïs the Grecian Courtezan.
Très belle épreuve en bistre, grandes marges.

PLAYTER (C.-G.)

165 — Maria Cosway, assise dans un paysage.
Très belle épreuve en couleur, grandes marges.

PRÉVOST (B.-L.)

166 — Seconds voyages aériens ou Expérience de MM. Charles
et Robert, faite dans le jardin royal des Tuileries, le
1er décembre 1783.
Très belle épreuve, marge.

QUÉVERDO

167 — L'Occasion favorable, par Duhamel, — Vignette tirée
de *la Henriade*, avant la lettre.

Deux pièces, belles épreuves.

RAMBERG

168 — Joconde, — La Jument du compère Pierre ; contes de
La Fontaine.

Deux pièces, belles épreuves coloriées.

169 — Le Villageois qui cherche son veau, — Le Poirier.

Deux pièces, belles épreuves coloriées.

170 — Les Oranges. — Le Marché d'esclaves, — Danse espagnole, etc.

Six pièces, dont une coloriée.

READ (C.)

171 — Miss Trimmer, par J. Watson.

Très belle épreuve.

REGNAULT (N.F.)

172 — Matin, — Soir.

Deux pièces, sans marge.

REYNOLDS (J.).

173 — The Reverie, par Cheesman.

Très belle épreuve en bistre, grandes marges.

174 — Lady Catherine Manners, par J. Gaugain.

Très belle épreuve.

175 — The honourable Miss Bingham, — The countess Spencer, par Bonnefoy.

Deux pièces, très belles épreuves en bistre, toutes marges.

176 — Le duc d'Orléans, en pied, par J. R. Smith.

Belle épreuve.

ROBINSON (H.)

177 — The prince of Wales and the princess Royal, d'après W. Ross.

Très belle épreuve.

ROSALBA (La)

178 — La belle Anglaise, par Mlle Jubert. —

Belle épreuve en couleur. Rare.

ROWLANDSON

179 — La place Victoire, à Paris, par Alken.

Très belle épreuve en couleur. Rare.

180 — Harmony, — Love; deux sujets sur la même planche.

Très belle épreuve coloriée.

181 — Luxury, — Misery; deux sujets sur la même planche.

Très belle épreuve coloriée, toute marge.

182 — Crœsus and Thalia. —

Très belle épreuve coloriée.

183 — Summer amusement or a game at bowls.

Très belle épreuve coloriée.

184 — A view on the banks of the Thames.

Très belle épreuve coloriée.

RUSSELL (J.) ET MILLER

185 — The Dogs first sight of himself, par Schavonetti, — Innocent récréation par Bonnefoy.

Deux pièces, belles épreuves en couleur.

SAINT-AUBIN (Aug. de)

186 — Madame de Pompadour, d'après Cochin, — La Rive, acteur, d'après Sauvage.

Deux pièces.

SCHALL

187 — Le Bouquet impromptu, par Aug. Legranc
Très belle épreuve, grandes marges.

188 — Le Panier renversé, par Et. Beisson.
Très belle épreuve, toute marge.

SCOTIN (G.)

189 — Mademoiselle Auretti dansant.
Très belle épreuve, marge. Rare.

SMIRKE (R.)

190 — The grandmothers blessing, par W. Evans.
Très belle épreuve en couleur.

SMITH (J.)

191 — Maria Beatrix D. G Angliae Regina, d'après Largil-
lière.
Très belle épreuve, marge.

SMITH (J.-R.)

192 — Wood-Nymph, d'après Woodford.
Très belle épreuve en bistre, marge.

SUNTACH (J.)

193 — Madame Hart, d'après Denon.
Belle épreuve, marge.

TAUNAY

194 — Foire de village, par Descourtis, réduction. In-8.
Belle épreuve en noir, toute marge.

TOUZÉ

195 — Tableau magique de Zémire et Azor, par Voyez.
Très belle épreuve.

196 — La Présidente Tourvel, par R. Girard.
Très belle épreuve en noir, marge.

TRESCA

197 — Roman nymphs, d'après Guttenbrunn. —
    Superbe épreuve en couleur, avec toute sa marge non ébarbée.

VAN DEN BERGHE

198 — Cléôpatra.
    Très belle épreuve avant toutes lettres, marge.

VANGELISTY

199 — Mademoiselle Caroline Wuïet, pensionnaire de la reine.
    Très belle épreuve, toute marge.

VERNET (Carle)

200 — La Dame des chiens, par Levachez.
    Eau-forte, pure, sans marge.

VIDAL

201 — Mademoiselle Beauménil, de l'Académie royale de musique, d'après Pujos.
    Très belle épreuve en noir.

WALKER (W.)

202 — Boy and Birds nest, — Girl and Chickens, d'après Amoroso.
    Deux pièces, très belles épreuves, grandes marges.

WARD (J.)

203 — Reaping moissonnant, par W. Ward.
    Très belle épreuve, grandes marges.

204 — L'Été, par Bartolotti.
    Très belle épreuve en couleur, marge.

WATTEAU (Ant.)

205 — J.-B. Rebel, compositeur de la chambre du roi, par Moyreau.
    Très belle épreuve.

WHEATLY (F.)

206 — Saint-Preux et Julie, — Henry et Jessy, par La Treille.

Deux pièces, belles épreuves en couleur.

AMÉRIQUE

207 — **Alix** (P.-M.) Benjamin Franklin.

Belle épreuve en couleur.

208 — **Borel.** L'Amérique indépendante, par Le Vasseur.

Belle épreuve.

209 — **Carmontelle.** Benjamin Franklin, en pied.

Très belle épreuve, toute marge.

210 — **Cathelin.** Nataniel Greene, major général in the american armies, d'après Peale, in-fol.

Belle épreuve, toute marges.

211 — **Cochin** (C. N.) Benjamin Franklin, par Augustin de Saint-Aubin.

Belle épreuve, marge.

212 — **Demarne.** La Valeur récompensée à la prise de Grenade, par P. Laurent, grand in-fol.

Très belle épreuve.

213 — **Desrais.** Benjamin Franklin, par la cit. Mortaland.

Belle épreuve en couleur. Très rare.

214 — *Dessin.* Entrevue de Rochambeau, La Fayette et Washington, en Amérique ; au fond une bataille.

Beau dessin à la plume lavé d'encre de chine.

215 — **Esnault** et **Rapilly** (chez). Israël Putnam, général des troupes du Connecticut.

Très belle épreuve, toute marge.

216 — **Galland** et **Houston.** George Washington, d'après
Bartoli. — John Adams, in-fol.

    Deux pièces, belles épreuves

217 — **Haid** (J.-E.) Benjamin Franklin.

    Très belle épreuve.

218 — **Janinet.** Benjamin Franklin.

    Très belle épreuve en couleur avant toutes lettres, seulement le nom
du graveur à la pointe, avec toute sa marge.

219 — **Mercury.** Christophe Colomb.

    Très belle épreuve.

220 — **Mondhare** (chez.) Le comte de Rochambeau, com-
mandant de l'armée française en Amérique.

    Très belle épreuve, toute marge.

221 — **Moreau** le jeune. Franklin couronnant Mirabeau à
son arrivée aux champs Élysées, par Masquelier.

    Très belle épreuve avant la lettre.

222 — La même estampe.

    Belle épreuve.

223 — **Morret.** La mort de Montcalm, d'après Desfontaines,
in-4.

    Belle épreuve en couleur,

224 — **Pétroncini.** Benjamino Franklin.

    Belle épreuve.

225 — **Saint-Aubin** (Aug. de). Benjamin Franklin, d'après
Cochin.

    Très belle épreuve.

226 — **Sartain** (John). George Washington avec sa famille,
d'après Edward Savage.

    Très belle épreuve. — Plus une copie coloriée.

227 — **Sartain**. Lieutenant général U. S. Grant — Millard Tillmore, en pied, in-fol.

Deux pièces, très belles épreuves coloriées,

228 — **Warner** (W.) Général Washington on the battle field at Trenton. — Washington et sa femme, lithographies coloriées.

Trois pièces.

229 — **Woodruff**. In congress july 4th 1776, the Déclaration of the thirteen united stales of America, grand in-fol.

Superbe épreuve imprimée sur satin. Très rare.

230 — **Divers**. Portrait de La Fayette, de forme ronde, in-12.

Belle épreuve coloriée.

231 — Portraits de Francklin par Carmontelle, Le Beau, Saint-Aubin et autre.

Quatre pièces.

232 — Portraits de Washington et de Franklin.

Cinq pièces, très belles épreuves.

233 — Benjamin Franklin, d'après Cochin, — John Stuart. marquess of Bute, d'après Lawrence, — W. Pitt, par Houston.

Trois pièces, belles épreuves

234 — Portraits de Franklin, Christophe Colomb, Améric Vespuce, Washington etc.

Huit pièces.

235 — Portraits de généraux américains, in-8.

Suite de douze pièces. Rares. — Plus un petit portrait de Lafayette en couleur.

236 — Portraits et sujets relatifs à l'Amérique.

Vingt-cinq pièces.

237 — Sujets, portraits et costumes.

Onze pièces.

238 — **Divers**. Costumes américains, anciens.
Sept pièces.

239 — Estampes relatives à la guerre de l'Indépendance de l'Amérique et portraits.
Vingt pièces.

240 — A correct view ofthe Battle near the city of New-Orleans ou the eight of january 1815, — Portraits d'André Jackson et d'Abraham Lincoln, — Vue de Philadelphie, grand in-fol.
Quatre pièces.

241 — Vues anciennes d'Amérique, in-fol.
Quatre pièces.

242 — Les quatre frontispices de l'Amérique, par Théodore de Bry, combats, costumes, etc.
Douze pièces.

243 — Très grande carte de l'Amérique. A Paris chez Mondhare, 1788, avec sujets représentant les costumes des différents états.
Pièce très importante et rare.

244 — Cartes anciennes de l'Amérique.
Huit pièces.

SPORT

245 — **Alken** (H.). The high mettled racer.
Suite de six pièces, anciennes épreuves coloriées.

246 — Hunting recollections.
Suite complète de six pièces en couleur.

247 — The first steeple-chase on record.
Suite de quatre pièces, très belles épreuves coloriées.

248 — **Alken**. Hunting.

Suite de six pièces, belles épreuves coloriées.

249 — Shooting, par Pollard.

Suite de quatre pièces, belles épreuves coloriées.

250 — A Hunting phaëton, — A sporting tandem.

Trois pièces, très belles épreuves coloriées.

251 — Bachelors Hall.

Suite de six pièces, très belles épreuves coloriées.

252 — St-Albans, grand steeple-chase.

Suite de quatre pièces, très belles épreuves coloriées.

253 — Les mêmes estampes.

Quatre pièces coloriées.

254 — **Dean Paul** (John). Leicester Shire.

Suite de quatre pièces, très belles épreuves coloriées.

255 — **Harris** (J.). Breaking Cover.

Très belle épreuve coloriée.

256 — The Crack team.

Très belle épreuve coloriée.

257 — The start, — The meet.

Deux pièces, très belles épreuves coloriées.

258 — **Heath** (W.). Cabriolet or sheller versus pelter.

Très belle épreuve coloriée.

259 — **Herring** et **Lynch**. The cab-horse (St-James), — The meet.

Deux pièces coloriées.

260 — **Hester** (E. G.). Drawn blank, — Starting from the kennels, — Throwing in, — After a good run.

Quatre pièces, très belles épreuves coloriées.

261 — **Hofsel** (J. B.). Pavilion rode by Chifney, — Smo-
lensko, 1813.

    Deux pièces, très belles épreuves en noir. Rares.

262 — **Huet**. La Chasse au renard, — Le Moment de la
chasse, — Le Repos après la chasse, par Duthé.

    Trois pièces en couleur, grandes marges.

263 — **Hunt** (C. et G.). Vale of Aylesbury, steeple-chase.

    Suite de quatre pièces, très belles épreuves coloriées.

264 — **Hunt** (Ch.). Doncaster Great, St-Léger, 1839.

    Très belle épreuve coloriée.

265 — Here they come ! — Green-sleeves leads the Way.

    Deux pièces, très belles épreuves coloriées.

266 — Macaroni, winner of the Derby stakes at Epsom, 1863,
— Fille de l'Air, winner of the French Oachs at Chan-
lilly and Epscm, 1864.

    Deux pièces, très belles épreuves coloriées.

267 — Marie-Stuart, winner of the Gt St Leger Stakes at Doncaster, 1873, — Apologie, winner in 1874, — Bendigo,
the first winner of the Eclipse, 1886.

    Trois pièces, très belles épreuves coloriées.

268 — **Laird** (J. W.). Liverpool, grand steeple-chase, 1839.

    Suite de quatre pièces, très belles épreuves coloriées.

269 — **Mackrell** (J. R.). Conolly on Coronation, winner of
the Derby stakes at Epsom, 1841, — Attila, winner at
Epsom, 1842.

    Deux pièces, très belles épreuves coloriées.

270 — **Martinet** (chez). Le Départ; milord Court, faisant la
route d'Anvers à Gand en dix-sept minutes, — L'Arrivée.

    Deux pièces, belles épreuves coloriées.

164 — 271 — **Newhouse** (C. B.). Roadsters-Album.

> Suite de seize sujets et un frontispice, très belles épreuves colo-
> riées.

3 — 272 — **Penne** (O. de). Chasse à courre : Le Rendez-vous, —
La Curée.

> Deux pièces, belles épreuves coloriées.

21 — 273 — **Pollard** (J.), The Derby pets.

> Suite de quatre pièces, belles épreuves coloriées.

68 — 274 — The Edinburg-Express, — Quicksilver Royal mail, —
Four in hand.

> Trois pièces, belles épreuves coloriées.

19 — 275 — **Robertson** (W. C.). The false start Jerome Park, —
Sadling Jerome Park.

> Deux pièces, belles épreuves coloriées.

20 — 276 — **Turner** (F. C.). The noble tips.

> Suite de quatre pièces, très belles épreuves coloriées.

32 — 277 — **Wolstenholme** (D.). Hunting, par Sutherland.

> Suite de quatre pièces, belles épreuves coloriées.

30 — 278 — **Divers**. Chasses, courses et voitures.

> Suite de douze pièces en forme de frises, très belles épreuves en
> couleur.

11 — 279 — A View on the Epsom course, 1820.

> Très belle épreuve coloriée.

6 — 280 — Sujets de chasse et voitures.

> Dix pièces en noir et coloriées.

Imp. D. Dumoulin et Cᵉ, Paris.

www.ingramcontent.com/pod-product-compliance
Lightning Source LLC
Chambersburg PA
CBHW071259130726
47998CB00003B/1251